A Gift
from

FRIENDS
OF THE
PaloALto
LIBRARY

Palo Alto City Library

The individual borrower is responsible for all library material borrowed on his or her card.

Charges as determined by the CITY OF PALO ALTO will be assessed for each overdue item.

Damaged or non-returned property will be billed to the individual borrower by the CITY OF PALO ALTO.

P.O. Box 10250, Palo Alto, CA 94303

Pepita Takes Time
Pepita, siempre tarde

BY/POR OFELIA DUMAS LACHTMAN
ILLUSTRATED BY/ILUSTRACIONES POR ALEX PARDO DELANGE

SPANISH TRANSLATION BY/TRADUCCIÓN AL ESPAÑOL POR ALEJANDRA BALESTRA

PIÑATA BOOKS

Piñata Books
An Imprint of Arte Público Press
University of Houston
Houston, Texas 77204-2174

Publication of *Pepita Takes Time* is made possible through support from the Andrew W. Mellon Foundation and the National Endowment for the Arts. We are grateful for their support.

Esta edición de *Pepita, siempre tarde* ha sido subvencionada por la Fundación Andrew W. Mellon y el Fondo Nacional para las Artes. Les agradecemos su apoyo.

Piñata Books are full of surprises!

Piñata Books
An Imprint of Arte Público Press
University of Houston
Houston, Texas 77204-2174

Lachtman, Ofelia Dumas.
    Pepita takes time / by Ofelia Dumas Lachtman; illustrated by Alex Pardo DeLange: Spanish translation by Alejandra Balestra = Pepita, siempre tarde / por Ofelia Dumas Lachtman; ilustraciones por Alex Pardo DeLange; traducción al español Alejandra Balestra.
        p.   cm.
    Summary: Pepita thinks it doesn't matter that she is always late, until she finally realizes how her tardiness affects other people and herself.
    ISBN 1-55885-304-9 (cloth : alk. paper)
    1. Tardiness — Fiction.   2. Behavior — Fiction.   3. Hispanic Americans — Fiction.
4. Interpersonal relations — Fiction.   5. Spanish language materials — Bilingual.
I. Title: Pepita, siempre tarde.   II. DeLange, Alex Pardo.   III. Balestra, Alejandra.
IV. Title.
    PZ73.L233 2000
    [E]—dc21
                                                                    00-035641
                                                                         CIP

0 1 2 3 4 5 6 7 8 9   0 9 8 7 6 5 4 3 2 1

For Teresa C., dear friend of Pepita.

Para Teresa C., querida amiga de Pepita.

—Ofelia Dumas Lachtman

To the three wonderful children with whom God has blessed me:
Nicole, Christopher, and Danielle.

A los tres niños maravillosos con los que Dios me ha bendecido:
Nicole, Christopher, y Danielle.

—Alex Pardo DeLange

Pepita was a little girl who was interested in many things. *Too* many things.

So her mother said, "You stop to look at too many things, Pepita. That's why you're always late."

Pepita didn't like to hear that. Anyway, what did it matter? It didn't hurt anyone if she was late.

One morning, just as Mamá called her to breakfast, Pepita saw a small brown bird on her window sill. The bird picked up a twig in its beak and flew into a tree by the house. Pepita was sure that the bird was building a nest. She wanted to watch, so she ran outside and waited. But before the bird had flown down from the tree, Pepita's mother was at the door.

Pepita era una niñita que estaba interesada en muchas cosas. Demasiadas cosas.

Entonces su mamá le dijo, —Te detienes a mirar muchas cosas, Pepita. Es por eso que siempre llegas tarde.

A Pepita no le gustó escuchar eso. De todas maneras, ¿qué importaba? No le hacía daño a nadie si llegaba tarde.

Una mañana, justo en el momento en que su mamá la llamó para desayunar, Pepita vio un pajarito café en su ventana. El pajarito tomó una ramita en el pico y voló hacia un árbol cerca de la casa. Pepita estaba segura que el pajarito estaba construyendo un nido y quería verlo. Por eso corrió fuera de la casa y esperó. Pero antes de que el pajarito hubiera bajado del árbol, su mamá estaba en la puerta.

"Pepita, Pepita," she said with a sigh. "Your breakfast is cold, and your little neighbor Sonya has gone on to school without you. You're late again."

"I know," said Pepita, "but I didn't mean to be. And Sonya never waits for me anymore. She's always in a hurry. Anyway, it doesn't hurt anyone if I'm late."

"Oh?" Mamá said, and there was a question mark in her voice. "Maybe not, maybe not. But now I have to stop to heat your cocoa again . . . and I have other things I need to do instead."

Pepita raised her shoulders in a little shrug. After a quick breakfast, she said goodbye to Mamá and to her dog Lobo and started off to school.

—Pepita, Pepita, —dijo con un suspiro. —Tu desayuno está frío, y tu vecinita Sonya se fue a la escuela sin ti. Otra vez vas a llegar tarde.

—Ya lo sé, —dijo Pepita. —No quería hacerlo. Además, Sonya ya nunca me espera. Ella siempre está apurada. De todas maneras, no le hago daño a nadie si llego tarde.

—¿Oh, sí? —dijo su mamá, y había una duda en su voz. —Quizás. Pero ahora tengo que calentar tu chocolate otra vez . . . y hay otras cosas que necesito hacer.

Pepita se encogió de hombros con indiferencia. Después de un desayuno rápido, le dijo adiós a su mamá y a su perro Lobo y salió para la escuela.

When she reached the busy street corner, the crossing guard, Mr. Jones, was gone. He had already picked up his big red STOP sign and his green folding chair and started up the street.

"Mr. Jones!" Pepita called.

Mr. Jones turned around and, with his folding chair in one hand and the STOP sign in the other, scurried back to the corner. "You're late, Pepita," he said, panting.

"I know," Pepita said, "but I didn't mean to be." She gave a little shrug. "Anyway, it doesn't hurt anyone if I'm late."

"Maybe not, maybe not," said Mr. Jones as a big blue bus went by them. "But I just missed my bus! You made me late, and I have many things to do."

Cuando llegó a la esquina transitada, el guardia, Señor Jones, se estaba yendo. Ya había recogido la señal roja de PARE y su silla plegable verde y empezaba a cruzar la calle.

—¡Señor Jones! —lo llamó Pepita.

El señor Jones se dio vuelta y, con su silla plegable en una mano y la señal de PARE en la otra, regresó de prisa a la esquina. —Estás llegando tarde, Pepita, —le dijo casi sin aliento.

—Ya lo sé, —dijo Pepita, —pero no quería hacerlo. Se encogió de hombros. —De todas maneras, no le hago daño a nadie si llego tarde.

—Quizás, —dijo el señor Jones mientras pasaba un gran autobús azul.

—¡Sólo que acabo de perder el autobús! Me haces llegar tarde y tengo muchas cosas que hacer.

The children were all in their classes when Pepita reached her school. She raced through the empty hallways, opened the door to her classroom, and quickly slid into her seat. Sonya gave her a little smile from the other side of the room. Miss García, the teacher, looked up and called Pepita to her desk.

"You're late again, Pepita," she said.

"I know," Pepita said, "but I didn't mean to be. Anyway, it doesn't hurt anyone if I'm late."

"Oh?" Miss García said, and there was a question mark in her voice. "Maybe not, maybe not. But now I have to stop to change my attendance records and send someone to the office to report it. And I have many other things I need to do instead."

Los niños estaban en el salón de clase cuando Pepita llegó a la escuela. Corrió por los pasillos vacíos, abrió la puerta de su aula y rápidamente se deslizó en su asiento. Sonya le sonrió desde el otro extremo del aula. La señorita García, la maestra, miró a Pepita y la llamó para que se acercara a su escritorio.

— Otra vez llegas tarde, Pepita, —le dijo.

—Ya lo sé, —dijo Pepita, —pero no quería hacerlo. —De todas maneras, no le hago daño a nadie si llego tarde.

—¿Oh, sí? —dijo la señorita García, y había una duda en su voz. —Quizás. Pero ahora tengo que cambiar el informe de asistencia y enviar a alguien a avisar acerca de esto a la oficina … y tengo muchas otras cosas que hacer.

When school was over Pepita hurried home, just as her mother had told her to do. She was almost home, almost at the corner by Mr. Hobbs's grocery store, when a *wonderful* smell reached her. She knew exactly from where it was coming: the little shop next door, where two ladies in long white aprons made tortillas. The wonderful smell meant that the ladies were making them right this minute.

Pepita raced to the window of the little shop and peeked in. The ladies in the long white aprons smiled at her as they went about their work.

Sometimes they made the tortillas out of white flour, but today they were making them out of ground-up corn. First they took small balls of dough and flattened them out into fat little disks. Next they flapped the fat little disks between their hands until they grew as big and thin and round as paper plates. Then *slap!* on the big black griddle they would go. When the tortillas were cooked on both sides, they picked them off the griddle and wrapped them up.

Después de la escuela, Pepita corrió a su casa, tal como su mamá le había dicho. Estaba por llegar cuando, casi en la esquina de la tienda del señor Hobbs sintió un riquísimo aroma. Sabía exactamente de dónde venía: de la pequeña tienda donde dos señoras con largos delantales blancos hacían tortillas. El maravilloso aroma significaba que las dos señoras las estaban haciendo precisamente en ese momento.

Pepita corrió a la ventana del pequeño negocio y se asomó. Las dos señoras con largos delantales blancos le sonrieron y continuaron su trabajo.

A veces hacían las tortillas de harina, pero hoy las estaban haciendo de maíz. Primero tomaban pequeñas bolas de masa y las aplastaban hasta hacer discos gorditos. Luego, aplastaban los discos entre sus manos hasta que crecían tan grandes, finos y redondos como platos de papel. Después —¡plaf! — las ponían en el gran comal negro. Cuando estaban cocidas por ambos lados, las sacaban del comal y las envolvían.

Pepita watched. The ladies smiled. The pile of tortillas grew.

Then someone tapped Pepita on the shoulder. "Hey!" said her brother Juan with a scowl. "Mamá's looking for you. You're late again!"

"Uh-oh," Pepita said, "but I didn't mean to be." She shrugged as she moved away from the window. "Anyway, it doesn't hurt anyone if I'm late."

"Who says?" Juan shouted. "I had to come find you, didn't I? And I have other things I'd like to do!"

Pepita miraba. Las señoras sonreían. La pila de tortillas crecía.

De repente, alguien le tocó el hombro a Pepita. —¡Oye! —le dijo su hermano Juan con el ceño fruncido. —Mamá te está buscando. ¡Otra vez llegas tarde!

—¡Oh-oh! —dijo Pepita. —Pero no quería hacerlo. Se encogió de hombros mientras se alejaba de la ventana. —De todas maneras no le hago daño a nadie si llego tarde.

—¿Cómo sabes? —le gritó Juan. —Yo tuve que venir a buscarte, ¿no es cierto? ¡Y tengo otras cosas que hacer!

When Pepita got home, Sonya was waiting by the gate. She looked worried.

"Are you glad we're going to the zoo tomorrow?" she asked.

"Oh, yes," said Pepita, clapping her hands. "It's my favorite thing to do. I love the animals."

"I like to look at their pictures," Sonya said, "but I'm afraid of them, up close."

"You're not scared of Lobo," Pepita said.

"Oh, no," Sonya answered. "I like Lobo and my cat Rosebud. It's only those other animals."

"That's too bad," Pepita said. "Well, I could hold your hand at the zoo. You wouldn't be scared *then,* would you?"

"Not if you hold my hand all the time."

"All right," said Pepita. "That's what I'll do."

"All the time?" Sonya asked.

Pepita said a big, loud, "Yes!" and she ran inside to tell her mother that she was home.

Cuando Pepita llegó a su casa, Sonya estaba esperándola frente a la puerta de la cerca. Se veía preocupada.

—¿Estás contenta porque mañana vamos a ir al zoológico? —preguntó.

—¡Oh sí! —dijo Pepita, aplaudiendo. —Es mi actividad favorita. Me gustan mucho los animales.

—A mí me gusta verlos en fotos, —dijo Sonya. —Pero me asustan cuando están cerca de mí.

—Tú no le tienes miedo a Lobo, —dijo Pepita.

—Oh, no, —respondió Sonya. —Me gustan Lobo y Rosebud, mi gato. Sólo le tengo miedo a los otros animales.

—Qué lástima, —dijo Pepita. —Pues, puedo llevarte de la mano en el zoológico. Así no tendrás miedo, ¿no?

—Si tú me llevas de la mano todo el tiempo, no tendré miedo.

—Está bien, —dijo Pepita. —Es lo que haré.

—¿Todo el tiempo? —preguntó Sonya.

Pepita dijo en voz bien alta, —¡Sí! —y corrió a decirle a su mamá que ella ya estaba en casa.

At supper that night, Juan said to Papá, "I'm tired of chasing after Pepita."

"What's this?" Papá said. "Why do you have to chase after your sister?"

"Because she's always late. So Mamá gets worried and has to stop what she's doing. And then I have to stop what I'm doing and go look for her."

"I *see*," said Papá.

Juan went right on talking. "It's not fair," he said. "Pepita takes time away from everybody."

Pepita jumped up. "I do not! Anyway, who cares if I'm late? It doesn't hurt anybody."

"*Basta,*" said Papá. "Enough. Someday you may discover what Juan means."

Pepita shrugged, a quick little shrug, so that Papá wouldn't see it, and sat down meekly.

Esa noche durante la cena, Juan le dijo a su Papá, —Estoy cansado de andar buscando a Pepita.

—¿Qué es eso? —dijo el Papá. —¿Por qué tienes que andar buscando a tu hermana?

—Porque siempre llega tarde. Entonces Mamá se preocupa y tiene que parar de hacer lo que está haciendo. Y luego tengo que dejar de hacer lo que estoy haciendo para salir a buscarla.

—Ya veo, —dijo Papá.

Juan siguió hablando. —No es justo, —dijo. —Pepita le quita el tiempo a todo el mundo.

Pepita dio un brinco. —¡No hago eso! Además, ¿a quién le importa si llego tarde? No le hago daño a nadie.

—¡Basta! —dijo el Papá. —*Enough.* Algún día vas a entender lo que quiere decir Juan.

Pepita se encogió de hombros suavemente, para que su papá no pudiera verlo, y se sentó dócilmente.

The next day was going-to-the-zoo day, so Pepita started off for school bright and early. She was eager to see the striped tigers and the big white bears, and especially the baby monkeys. She couldn't wait to get on the bus with her classmates and go across town to the zoo.

But as she walked by Tía Rosa's house, she saw a brown garden spider spinning a shining web on Tía Rosa's fence. The spider scurried here and there on the web, and as she did, the web grew bigger. It sparkled like Christmas tinsel in the sunlight. How big would the web grow? The spider scurried and spun while Pepita watched in wonder. Then, suddenly, she remembered the trip to the zoo.

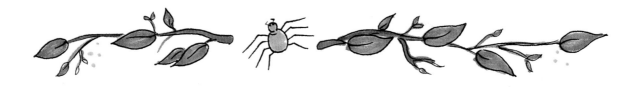

El día siguiente era el día del zoológico, y Pepita se preparó para ir a la escuela bien temprano. Estaba ansiosa por ver los tigres rayados y los grandes osos blancos y especialmente los monos bebés. Estaba ansiosa por subir al autobús con sus compañeros de clase y cruzar la ciudad para ir al zoológico.

Pero, mientras caminaba frente a la casa de tía Rosa, vio una araña café tejiendo una telaraña resplandeciente en la cerca de tía Rosa. La araña se movía rápidamente de aquí para allá sobre la tela, y mientras lo hacía, la telaraña crecía. Relucía como un adorno navideño a la luz del sol. ¿Cuánto crecería la telaraña? La araña se movía con rapidez y tejía mientras Pepita miraba con admiración. De repente, ella recordó el paseo al zoológico.

Pepita had watched the spider too long. When she got to her school, she saw the bus already filled with her classmates and driving away. Sonya was looking out the back window, her nose pressed to the glass, her face screwed up into a frown.

"Wait! Wait!" Pepita called, waving her arms, but the bus kept going. As the bus rolled around the corner, a tear rolled down Pepita's cheek. She mumbled, "I know I'm late, but I didn't mean to be. Anyway, it doesn't hurt—" But, because another tear was rolling down the other cheek, Pepita didn't finish.

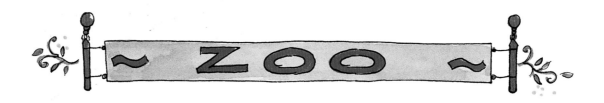

Pepita había mirado la araña demasiado tiempo. Cuando ella estaba cerca de la escuela, vio que el autobús se iba con todos sus compañeros. Sonya estaba mirando por la ventanilla trasera, con la nariz apoyada en el vidrio y el ceño fruncido.

—¡Espere! ¡Espere! —gritó Pepita, levantando los brazos, pero el autobús siguió. Cuando el autobús dobló en la esquina, una lágrima corrió por la mejilla de Pepita. Murmuró, —Sé que llegué tarde. Pero no quería hacerlo. De todas maneras, no le hago daño . . . Pero, como una lágrima comenzaba a correr por la otra mejilla, no terminó de hablar.

All that morning Pepita sat on a bench in the principal's office. All afternoon she sat at a table in the library. As she stared at her books, all she could think of was that she had other things she wanted to do instead. Like seeing the animals at the zoo. But, because she had been late, she couldn't do that. And Sonya couldn't either. Because she wasn't there to hold Sonya's hand. Poor Sonya!

The school day seemed very, very long. It seemed so long that at times Pepita felt like crying. But Pepita did not cry. When the last bell rang, she started off for home alone.

Toda la mañana, Pepita estuvo sentada en un banco en la oficina del director de la escuela. Toda la tarde estuvo sentada en una mesa de la biblioteca. Con la mirada fija en sus libros, todo lo que podía pensar era que tenía otras cosas que quería hacer. Como ver los animales del zoológico. Pero, como había llegado tarde, no podía hacerlo. Ni tampoco Sonya podía hacerlo . . . Porque Pepita no estaba allí para llevarla de la mano. ¡Pobrecita Sonya!

El día escolar parecía largo, muy largo. Parecía tan largo que a veces Pepita sentía que iba a llorar. Pero Pepita no lloró. Cuando sonó la última campanada, salió sola hacia su casa.

At the far end of the schoolyard she saw the yellow bus that had gone to the zoo. It was all empty now. She saw Sonya half a block away, her pink sandals gleaming in the sunlight as she took hurried little steps.

Pepita wanted to tell Sonya that she was sorry, but she was sure that she could never catch up to her. Then something strange happened. Sonya slowed down. Sonya stopped. Instead of hurrying, Sonya stood still, peering over a fence near the sidewalk. Pepita raced to see what Sonya was doing.

"Look, look," Sonya said when Pepita reached her. She pointed toward the house behind the fence.

Pepita leaned over the fence too, and she saw a big gray cat walking along the front of the house. A gray and white baby kitten was hanging from her mouth.

"Ooh," said Pepita. "She's taking her babies to a safe place."

As they watched, the big gray cat pushed through a hole at the side of the porch steps and disappeared.

Al otro lado del campo de la escuela, vio el autobús amarillo que había vuelto del zoológico. Ahora estaba vacío. Vio a Sonya media cuadra más adelante, sus sandalias rosas brillando a la luz del sol mientras daba pasitos rápidos.

Pepita quería decirle a Sonya que lo sentía, pero estaba segura de que nunca la alcanzaría. Entonces pasó algo extraño. Sonya fue caminando más despacio y se detuvo. En lugar de apurarse, Sonya se quedó parada, mirando sobre una cerca al lado de la banqueta. Pepita corrió para ver lo que estaba haciendo Sonya.

—¡Mira! ¡Mira! —dijo Sonya cuando Pepita la alcanzó. Ella señaló hacia la casa detrás de la cerca.

Pepita se inclinó sobre la cerca para ver una gata grande y gris caminando en frente de la casa. De su boca iba colgando un gatito gris y blanco.

—¡Uh! —dijo Pepita. —Está llevando sus bebés a un lugar seguro.

Mientras miraban, la gran gata gris se deslizó a través de un agujero en un costado de los escalones del balcón y desapareció.

Sonya turned to Pepita. "The zoo was no fun *at all,*" she said. "You weren't there to hold my hand, so I didn't get to see any big animals. The lady who took care of me took me to the petting zoo, but a chicken chased me out."

"I'm sorry," Pepita said. "I was late for the bus, but I didn't mean to be. I'm really sorry if I hurt your feelings."

"Well, you did," Sonya said. Then she drew in her breath and pointed to the gray cat as it squeezed back out through the hole in the side of the house. "Look! Here she comes. That's the second kitten she's hidden. I wonder how many more she has."

Sonya giró hacia Pepita. —El zoológico no fue para nada divertido, —dijo.

—Tú no estabas allí para llevarme de la mano, y por eso no fui a ver ninguno de los animales grandes. La señora que me cuidaba me llevó a la parte del zoológico donde se puede acariciar a los animales, pero una gallina me corrió de allí.

—Lo siento, —dijo Pepita. —Llegué tarde al autobús, pero no quería hacerlo. Perdóname si te hice daño.

—Sí, pero lo hiciste, —dijo Sonya. Entonces, suspiró y señaló a la gata gris que salía del agujero del costado de la casa. —¡Mira! Ya vuelve. Ese es el segundo gatito que esconde. ¿Cuantos tendrá?

Pepita sighed—a long, sad sigh. She wanted to stay to see how many more kittens the momma cat would hide. But if she did, she would be late—and Mr. Jones would miss his big blue bus because he waited to help her across the busy street. Mamá would stop what she was doing—and worry and wonder about where she was. Then Juan would get cross—because he would have to stop what he was doing to look for her. And she had *already* spoiled her day—and Sonya's too.

Pepita pulled herself away from the fence. She took Sonya's hand. "Come on, Sonya," she said. "Let's not take so much time. Everybody's waiting for us. Even Lobo. And we don't want to be late."

Pepita suspiró un largo, triste suspiro. Ella quería quedarse para ver cuántos gatitos iba a esconder la mamá gata. Pero, si lo hacía, llegaría tarde, y el señor Jones perdería el autobús azul por esperar para ayudarla a cruzar la esquina. Mamá tendría que parar de hacer lo que estaba haciendo y estaría preocupada y se preguntaría dónde estaba. Entonces Juan la acusaría por tener que dejar de hacer lo que estaba haciendo para salir a buscarla. Y ella ya había arruinado su día y el de Sonya.

Pepita se separó rápidamente de la cerca, y tomó a Sonya de la mano.

—Vamos, —dijo. —No perdamos tanto tiempo. Todos nos están esperando. Hasta Lobo. Y no queremos llegar tarde.

Ofelia Dumas Lachtman was born in Los Angeles, the daughter of Mexican immigrants. Her stories have been published widely in the United States, including prize-winning books for Arte Público Press such as *The Girl from Playa Blanca*, *Pepita Talks Twice*, and *Pepita Thinks Pink*.

Ofelia Dumas Lachtman nació en Los Angeles, hija de inmigrantes mexicanos. Ha publicado varios cuentos y libros, de los cuales algunos han resultado premiados, entre ellos: *The Girl from Playa Blanca*, *Pepita habla dos veces* y *Pepita y el color rosado*, editados por Arte Público Press. Madre de dos hijos, Dumas Lachtman reside en Los Angeles.

Born in Venezuela, Alex Pardo DeLange was educated in Argentina and the United States, where she received a degree in Fine Arts from the University of Miami. Pardo DeLange started her career in art as a freelancer for advertising and design agencies. Then, a few years ago, she took the plunge to realize a lifelong dream. Working in ink and watercolor, she began to illustrate books for children, including *Pepita Talks Twice* and *Pepita Thinks Pink*. Pardo DeLange lives in Florida with her husband and three children.

Nacida en Venezuela, Alex Pardo DeLange fue educada en la Argentina y los Estados Unidos, donde recibió su licenciatura en Bellas Artes de la Universidad de Miami. Pardo DeLange inició su carrera como artista independiente trabajando para agencias de publicidad y diseño. Hace unos años se lanzó a realizar el sueño de toda su vida: incursionar en el empleo de técnicas en tinta y acuarela. Comenzó con la ilustración de libros infantiles, entre ellos: *Pepita habla dos veces* y *Pepita y el color rosado*. Pardo DeLange radica en Florida con su marido y tres hijos.